自序

畫咗咁多年繪本漫畫，成日都想挑戰自己畫第二啲唔同嘅嘢，例如劇情向嘅連環圖漫畫，但一直唔敢試，一直沉醉喺 comfort zone 裏面，怕流失讀者，怕出嚟成績唔理想。

今年年頭唔知撞咩鬼，突然下定決心同出版社 propose 新題材新方向，出版社又 ok 喎，於是開始着手新書製作。三月中左右，發覺有啲唔對路，寫書進度竟然同我以往寫開嗰啲爭好遠，花嘅時間耐好多……有一日我同女友講不如都係照以前方式畫返搞笑繪本算咯，當場被佢教訓，話咩而家唔去做就以後更加唔會做（唔記得 exact wording），我被佢點醒，亦覺所言甚是，於是硬住頭皮一鼓作氣，犧牲咗少少自己 hea 喺梳化玩樂嘅時間，完成今次本書。

話說回來，雖然話試新嘢，一期完長篇漫畫我能力所限暫時做唔到，唯有做住短篇漫畫集先。自己又係奇幻故事愛好者，《幻海奇情》、《奇幻潮》、《世界奇妙物語》、《都市懼集》全部都好鍾意，有時自己都想試吓畫吓，順理成章就成為今次試金石嘅主題。

雖然呢本書一定唔係什麼舉世傑作，但肯定係我十幾年寫書以嚟嶄新嘅嘗試，容許我同大家講聲：多多指教！

CUSON

劇本

你哋會唔會
隨便同人搭訕？

我就一定唔會嘞，
三唔識七亂咁搭嗲
非常老濫。

隨口噏？
命都冇。

如果咁樣
你覺得好唔好？

佢哋應該係編劇之類
嘅創作人吧，
一定喺度諗緊故仔。

司機一邊揸車

一邊睇片…

TSUEN WAN
荃灣

荃灣

VC 3522

睇到忘晒形，
最後高速撞向
前面大貨車。

好普通咋喎，
一啲創意都冇。
咁叻你諗吖！

司機揸咗好多更車，
攰到接近臨界點…
去到某一段高速公路
終於頂唔順瞓着咗，
成架小巴撞到反轉咗。

啡！你咪又係毫無新意~
又真係幾冇新意嘅…

咁難諗...
不如今日算吧啦，
第日先再諗過。
好吧。

呼~

如果係咁呢？

見唔見到
嗰邊個膠袋？
呼～
呼～
因為行車時嘅氣流
令到個袋一直飄緊…

一陣古怪嘅氣流將個膠袋
飄到司機塊面度纏繞住…
慌忙嘅司機嚟唔切反應，
小巴因而失控飛出公路，
全車人罹難。

點啊？
掂唔掂啊？

幾好啊！
唔錯！唔錯！

就用你呢個idea！

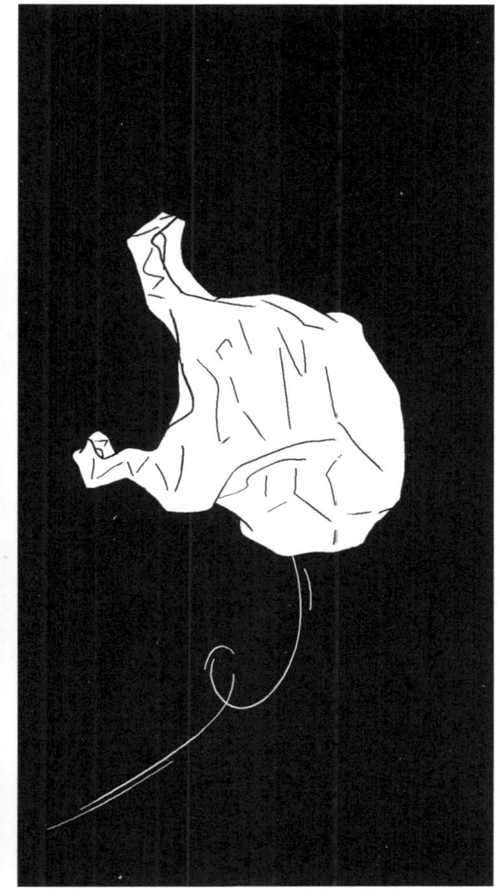

沙！
沙！
荃灣
荃灣

轟隆！

仲諗住今日休息一天。

END

公仔

小朋友，
送朵花畀你~
多謝你呀熊仔~~~

你哋有冇聽過…

愈cutie愈可愛嘅外表，背後往往隱藏住駭人聽聞嘅故事。
好似以下呢個故事咁…

公仔

喂。

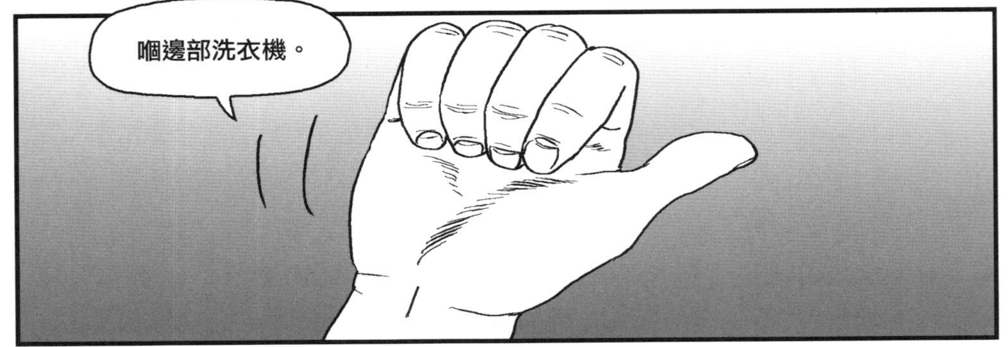

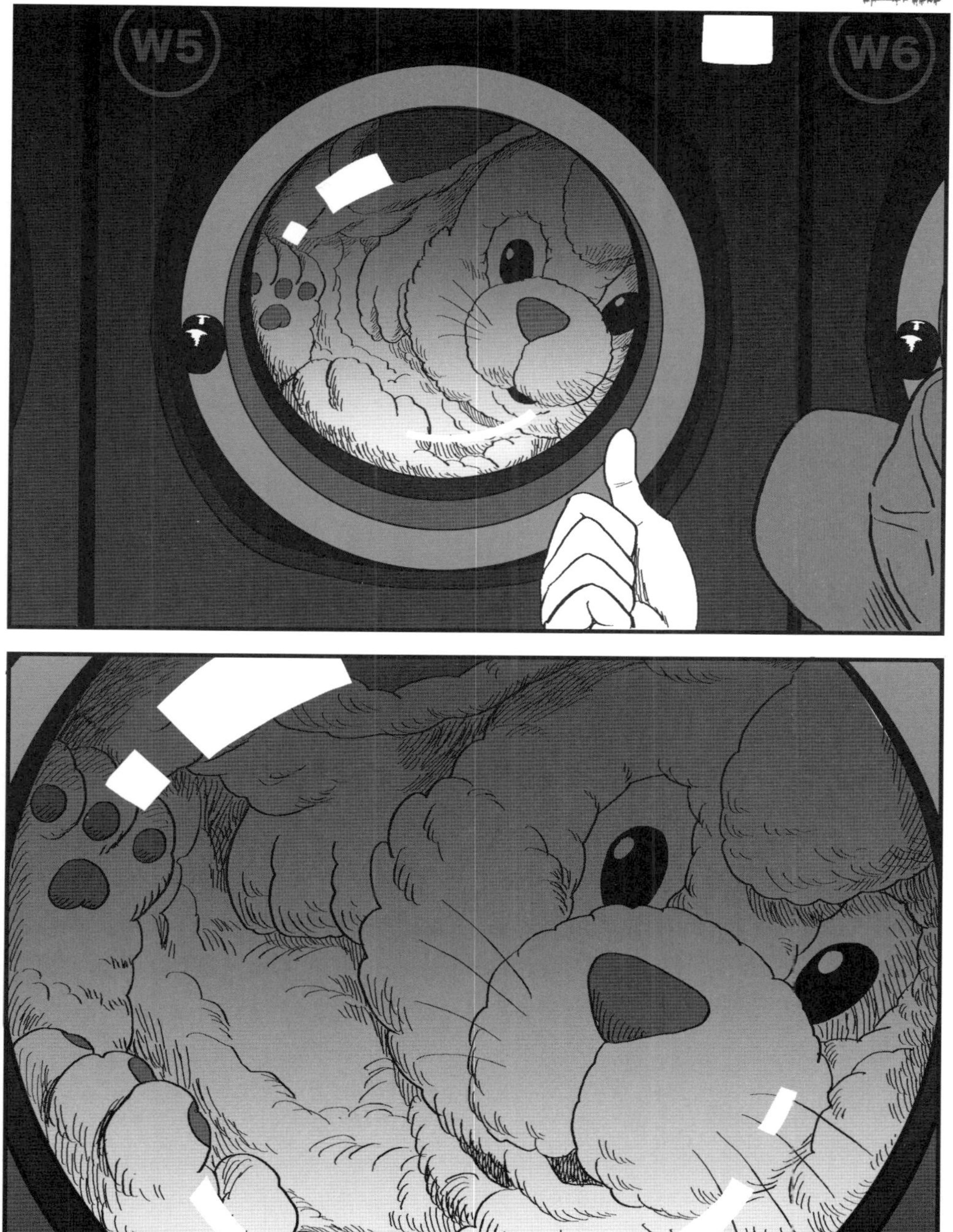

W5

W6

呢套公仔衫同頭套
我喺呢度見過幾次...
咁又點？

你冇好奇心嘅咩？
好奇心？
食得㗎？

大到成個人咁嘅公仔
唔會令你聯想到一啲
邪惡嘅嘢咩？
吓...
例如咩呀？

譬如有人殺咗人再肢解，
將個頭窒入個公仔頭入面，
之後再處理屍體…

有…有冇咁恐怖呀？
就好似當年嘅
Hello Kitty藏屍案咁。
又或者有一個
連環殺手…

公仔

KAKAKA~~~
咁就嚇到你~~~
你都黐線，
咁大聲係人都驚啦...

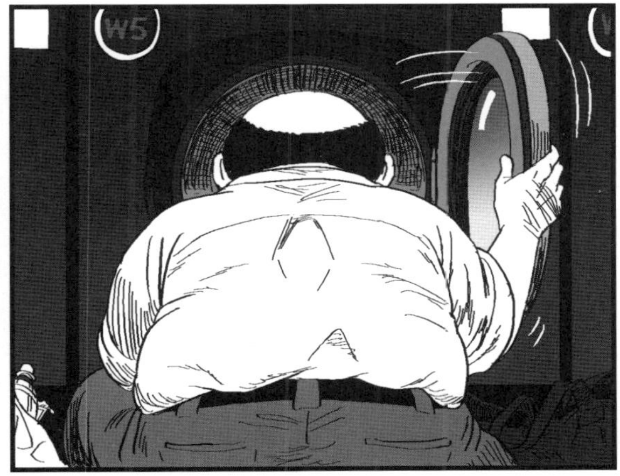
W5

咦？大叔你套
公仔衫好得意喎~

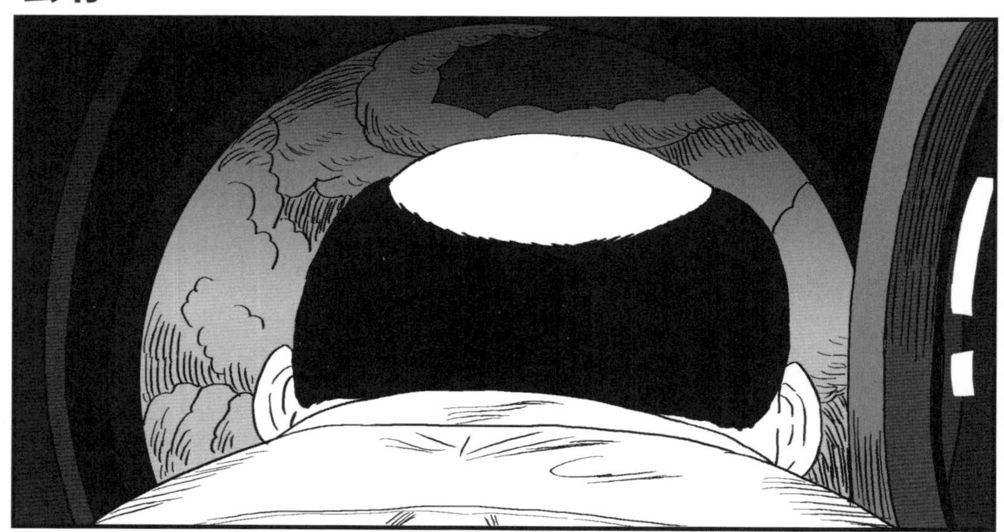

係呀，
呢套衫我日日用㗎。

工作需要，
因為舖頭係賣小朋友嘢，
所以咪日日着住呢套公仔衫
喺街度做宣傳囉，
幾有效㗎。

唔講咁多喇，
你哋慢慢啦~

諗多咗喇你！
所以話你，
叫你留意同觀察多啲
日常身邊嘢咋，
訓練想像力同創作力呀~

公仔

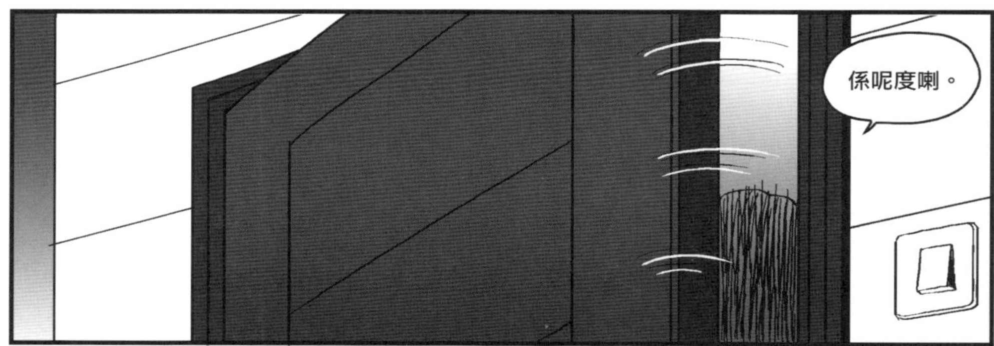

Wow !

呢間Airbnb唔錯喎，
交通方便，地方又大。
最重要價錢經濟啊。

咦？

你睇！
嗰邊仲放咗好多公仔，
好可愛~~~

公仔

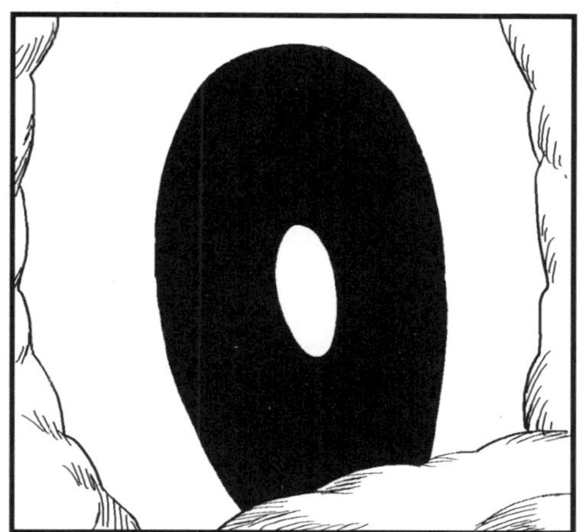

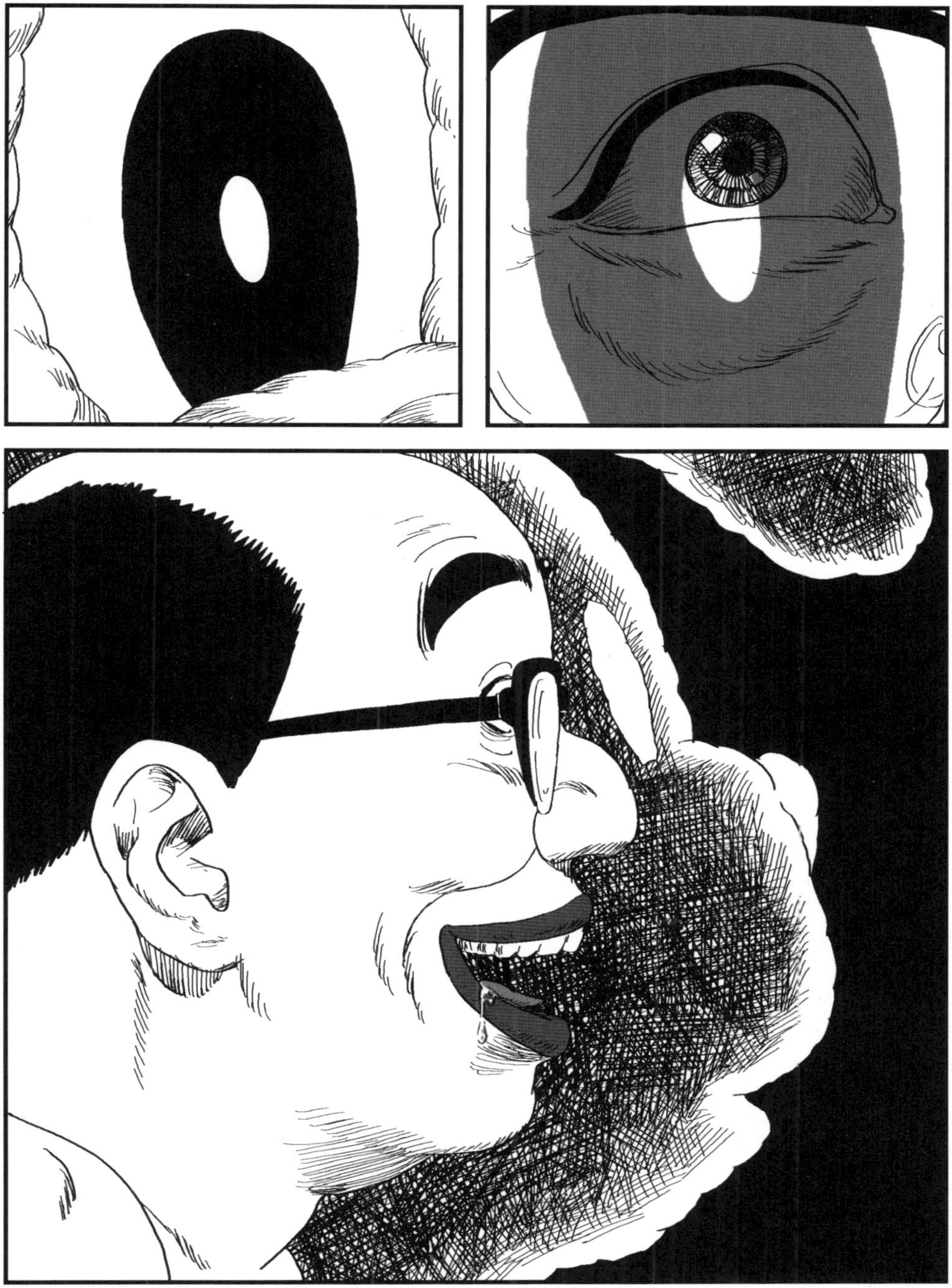

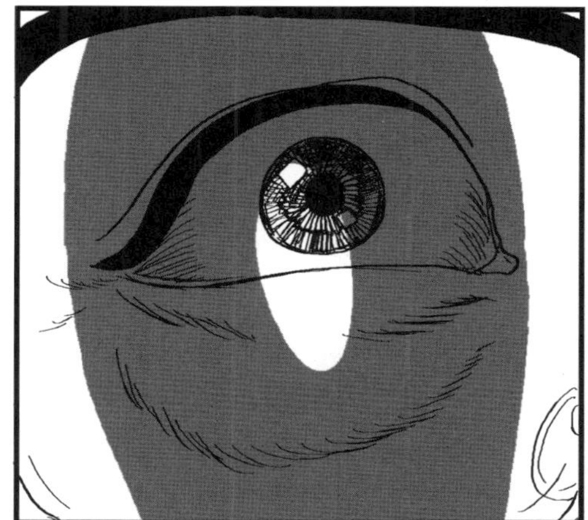

END

脫單

相信好多人
都試過修圖。
P瘦塊面、執下身材先
post上網，好正常啫。

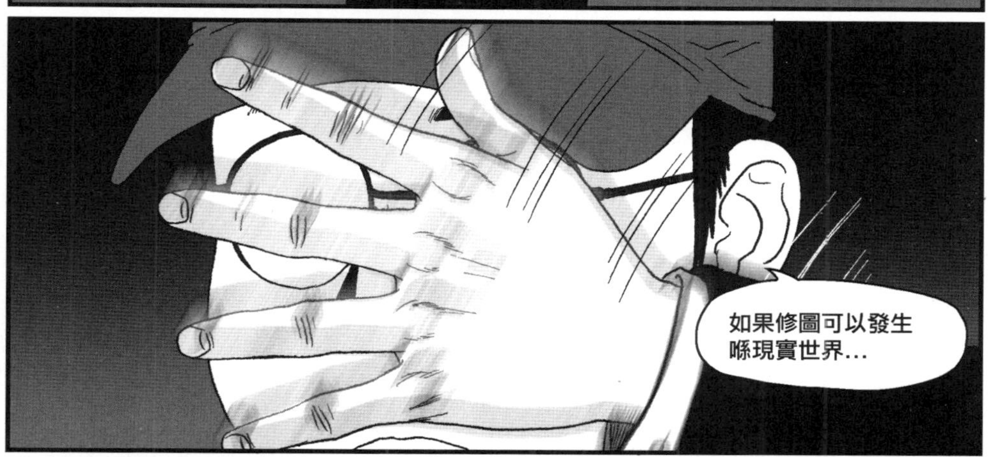
如果修圖可以發生
喺現實世界...

會有咩故事發生？

脫單

現實生活中冇機會
接觸異性，交友App
係我識女仔嘅主要渠道。

當然啦，
我都有自知之明嘅，
所以我張相…

係用AI based on
我個樣gen出嚟。

Um…嚴格嚟講，
都係我嚟吖。

呢一日我終於
搵到我嘅The One。

咦喂！

好靚…

Joyce 27

係佢喇...

我心目中嘅女神！！！

畀心心~

畀心心~

YES!!!

成功配對！

It's a Match!

YES!!!

傾落仲發現我哋興趣相近，
有傾唔完嘅話題。

搭車、食飯、返緊工，
基本上就係日傾夜傾。

就好似熱戀嘅情侶一樣。

點算？
好想好想見面…

唔得！
我咁嘅款，
佢見到我肯定…

吱——

好苦惱…
我個心好矛盾…
想見佢
又唔夠膽…

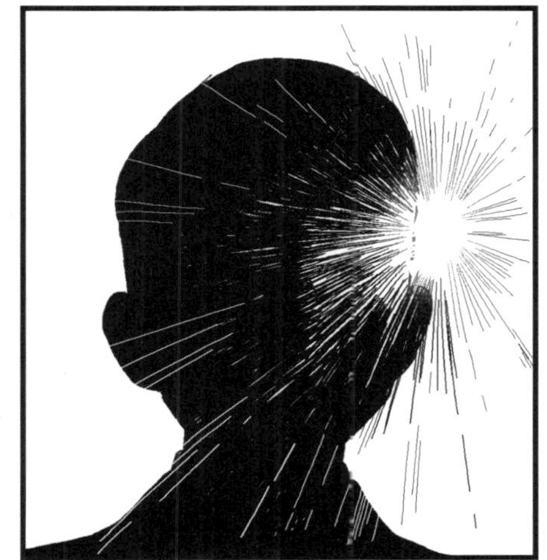

脫單

咦？人呢？
走得咁快

試試佢，同我玩開嗰啲有咩分別？
scan~

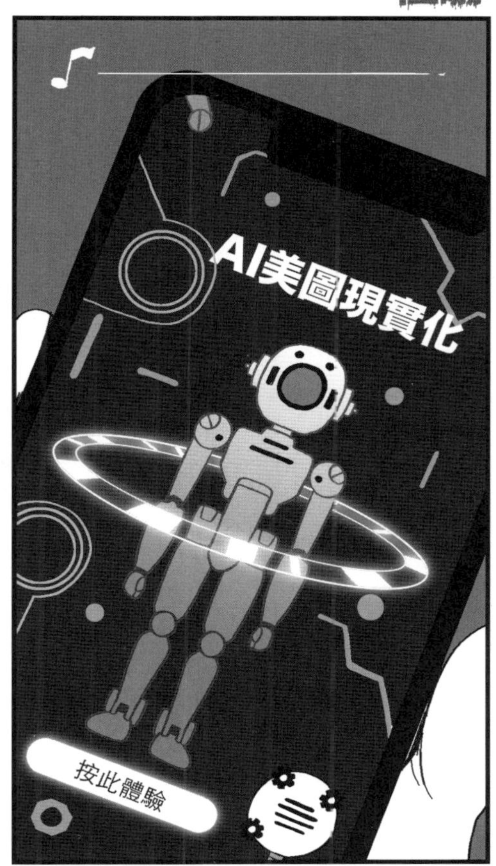
AI美圖現實化
按此體驗

上傳自拍，AI按原圖臉部五官
生成美圖。
AI美圖現實化
1.AI生成的美圖將會取替使用者
原有樣貌，一經生效無法還原。
2.除使用者本人，可自定一位
特選對象享有同樣的視覺效果。

脫單

!!!

OMG~~~~~
呢個...係我？

好靚仔...

我好靚仔呀！！！！！！！！

YES!

YES!

脫單

好快我哋就相約見面。
Hi!
呢邊呀！

佢同我所想像嘅一模一樣，
完全冇落差。
你好，終於見面喇！

面對面比起網上傾偈更加投契。

我哋發展得好順利，
幸福嚟得好突然。

咔嚓！

嗞——

又撮合咗一段姻緣。

END

噪音

碰！
碰！
碰！

你有冇成日畀樓上
嘅噪音騷擾過？
你會選擇忍氣吞聲？
定走上樓上
叫對方靜啲？

我有時會想用航拍機
窺探吓佢其實搞緊乜嘢。

可能會見到啲
意想唔到嘅嘢…

噪音

咚！
咚！
咚！

噪音

豈有此理~~~
唔發火
當我病貓！

叮噹～

唔使怕嘅…
係佢理虧，
我嚟討個公道啫！

咻———

!!!
errrrr.........

噪音

嘭！

請問...

7D

好攰呀~~~
終於可以瞓覺~
咚！
咚！咚！
....

噪音

咚！
死啦...點算好？

咚！咚！

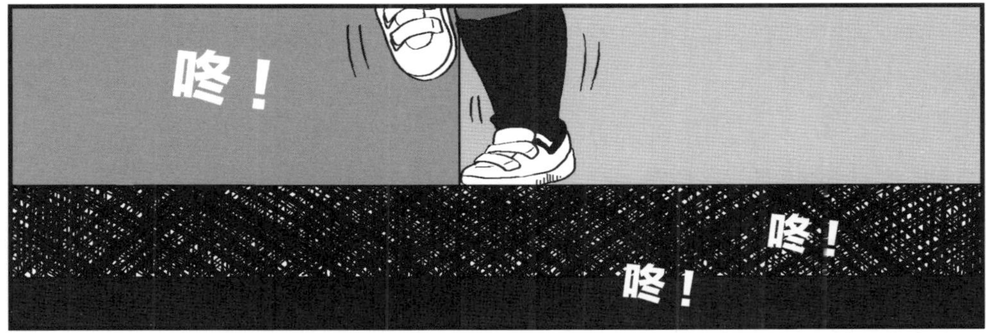
咚！
咚！
咚！

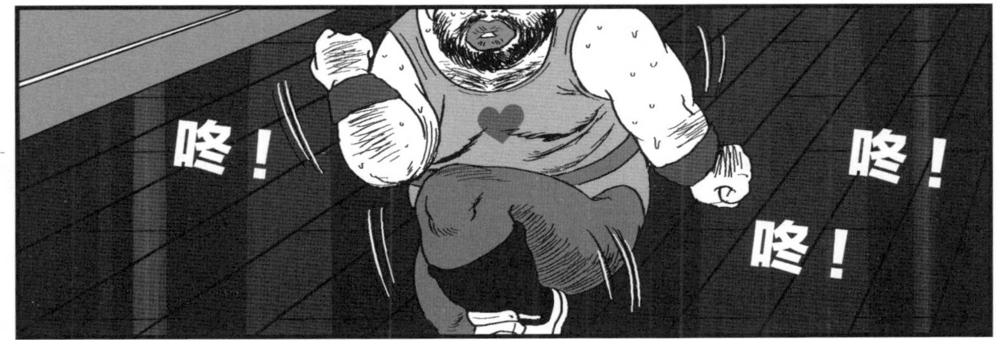
咚！
咚！
咚！

噪音

上班一族中年肥佬，
熱愛跳AEROBICS。

咁好天氣，
最適合晾衫。

哎吔！
弊！

跌咗落樓下喺…

噪音

嘩嘩聲落樓下擺返先~~~

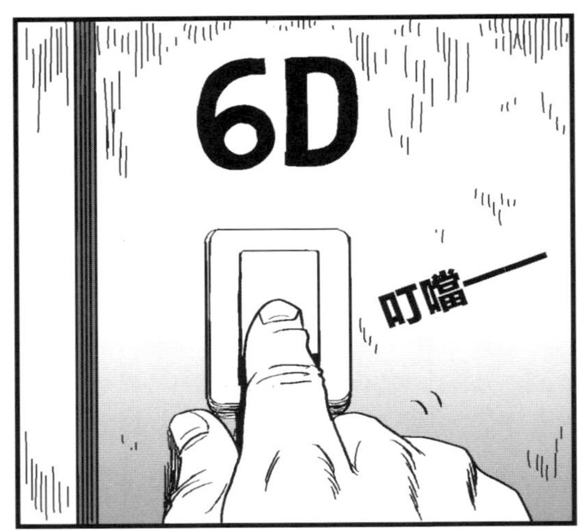

6D
叮噹——

冇人應嘅？
唔通冇人喺屋企？
叮噹——
6D
叮噹——

你新搬嚟嘅？
呀…係，
我住上一層嘅，
搬咗嚟住一個月左右。

呢個單位空置咗好耐㗎喇，
凶宅嚟，之前發生過一件命案...
6D

碎屍案。

噪音

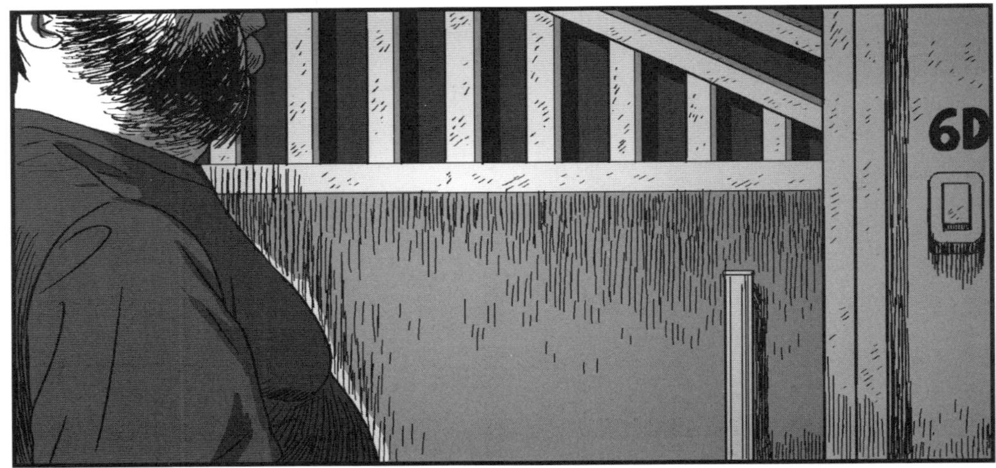

END

機鋪

STREET FIGHTER II

GAME OVER

你幾耐冇入過
機舖打機？

有時間嘅，
咪坐低打返兩鋪囉。

機舖

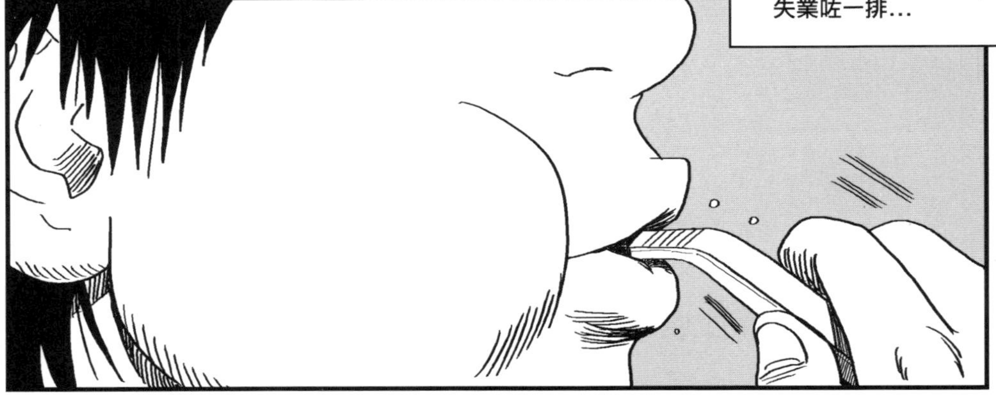

叮

Fat Keung
hi Terry，好耐冇見
記唔記得我？
肥強呀

係肥強！
好耐冇聯絡嘅
中學老best~~~

想當年我哋一放學
就走去機舖打機，
最鍾意就係對打拳皇98，
成日打到機舖閂門至肯走。

YOU WIN!

不過畢業後我哋各忙各，
漸漸冇聯絡了。

GAME

好懷念~
以前成日喺呢度打躉，
估唔到間機舖仲喺度。

機舖

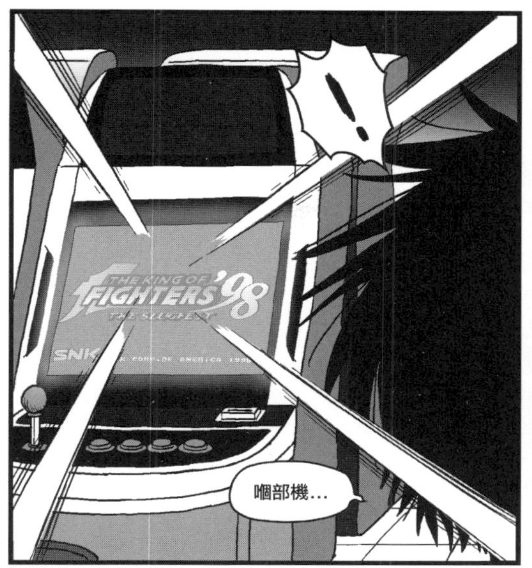
!
THE KING OF FIGHTERS '98
THE SLUGFEST
SNK
嗰部機...

THE KING OF FIGHTERS '98
THE SLUGFEST
©SNK
係...拳皇98呀!!!

估唔到仲有拳皇98玩！
太意外喇~~~

唔得！
一定要懷緬一下！
PRESS 1P START

機鋪

WOW!!!
啲回憶返晒嚟！
揀三個角色組隊~~~

咦？
Here Comes A New Challenger

八神、Mary、大門，
呢三個係肥強
最鍾意用嘅角色嚟！
2ND PLAYER
係咪你呀肥強？
哈哈~
係呀！

機舖

59
TERRY
IORI
你個肥強估唔到咁多年
都冇生疏到呀吓，
不愧係我唯一嘅對手！
ADV
ADV

呵！
吒！
哋！
打！
吒！
哋！
打！
呵！
哋！
就係咁，我哋兩個一直
喺度打機，唔知時間過咗幾耐…

呵呀~~~
喂，係咪都夠皮喇？
不如搵間茶記
坐低吹吓水咯~

肥強？

咁奇怪嘅？
whatsapp又冇反應，
電話又打唔通…

算啦，可能急住去廁所，
之後再搵返佢吧~

咦？呢間咪
我打工嗰間7仔？
POLICE
POLICE
POLICE
POLICE

阿sir，想問
發生咗咩事？

一名懷疑精神有問題嘅疑犯
持刀闖入便利店，
便利店員工身中多刀當場死亡。

點會咁樣…
如果今日我冇請假嘅話…

被亂刀斬死嘅…係我？！

機舖

喺肥強幫我寫嗰版搵到佢地址，
親身到訪佢屋企，
從肥強媽媽口中得知…

記得M，記得E，
記得M.E.，記得ME！
仲有：記得
搵我去打機呀!!!
HAHAHAHA……
INFORMATION
NAME：肥強
BIRTHDAY：6/4
ADDRESS：黃大仙正德街
PHONE：94138788

肥強兩年前因病離世了。

我唔知係偶然
定真係你救咗我…
多謝你。
END

分享

大家有接收過陌生人
傳來嘅Airdrop嗎？

你會點做？
唔理佢？
開嚟睇吓？

以下故事可以
成為你哋嘅借鏡。

分享

隆——

AirDrop
Mandy would like to share a photo.
Decline
Accept

十成十又係啲周圍
亂send畀人嘅變態圖…

Decl

啲人真係好鬼無聊。

分享

AirDrop
Mandy would like to share a photo.
Decline
Accept
又嚟，
仲要係
同一個人。

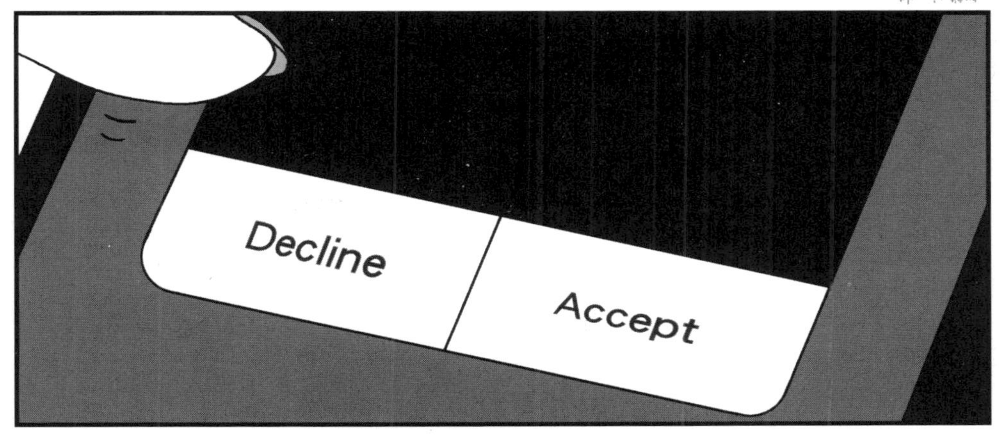
Decline
Accept

....

Accept

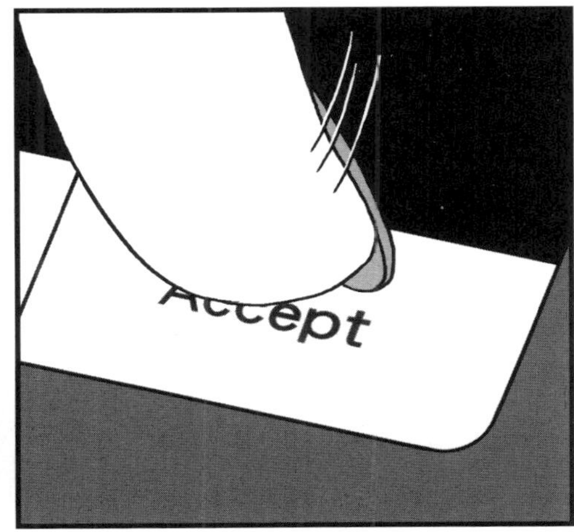

分享

分享給他人 ／ 或與我們同行

分享給他人 ／ 或與我們同行

踏

踏

分享喜悅・快樂人生

分享喜悅・快樂人生

分享

隆——

分享喜悅

下一站：旺角

Next station : MongKok

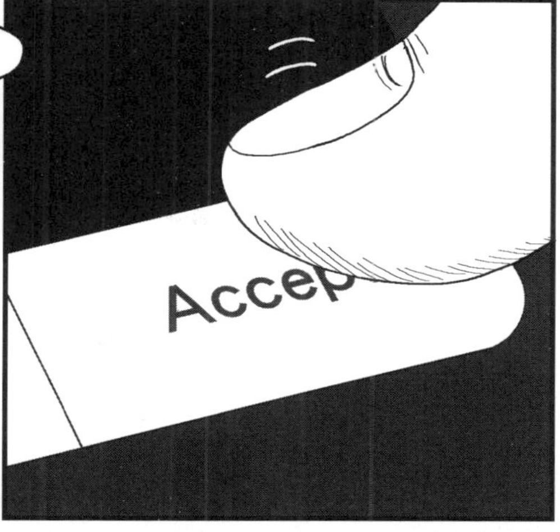

分享給他人 ／ 或與我們同行

END

自拍亭

有冇發覺嚟玩嘅
都係一雙一對？

有幾多人好似我咁鍾意一個人玩？

咔嚓！

咔嚓！

咔嚓！

PHOTOS
咻
咻
咻

嘻嘻…
哈哈…

你睇吓呢張你個樣~
你個樣好笑啲~

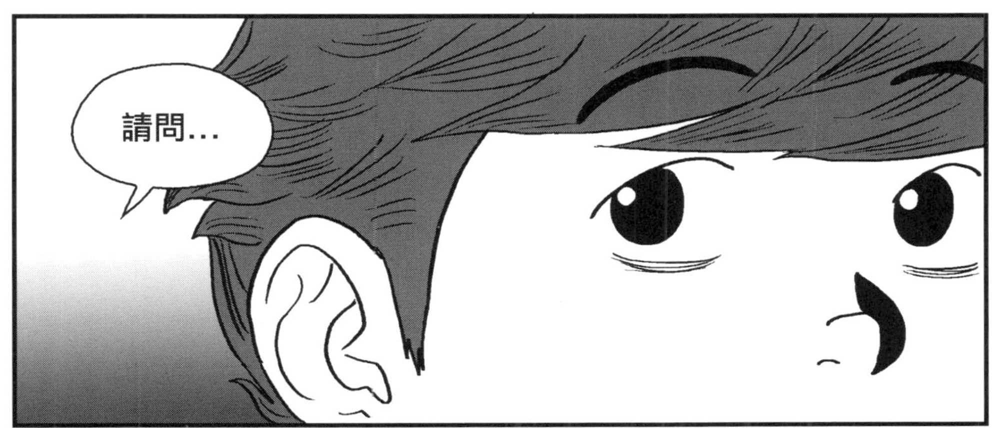
請問...

自拍亭

有個冒昧嘅請求，
唔知你可唔可以幫我...

我？

唔得唔緊要，
當我冇講過。

唏！

可以啊。

真嘅？
嗯。
好多謝你呀~~~~~

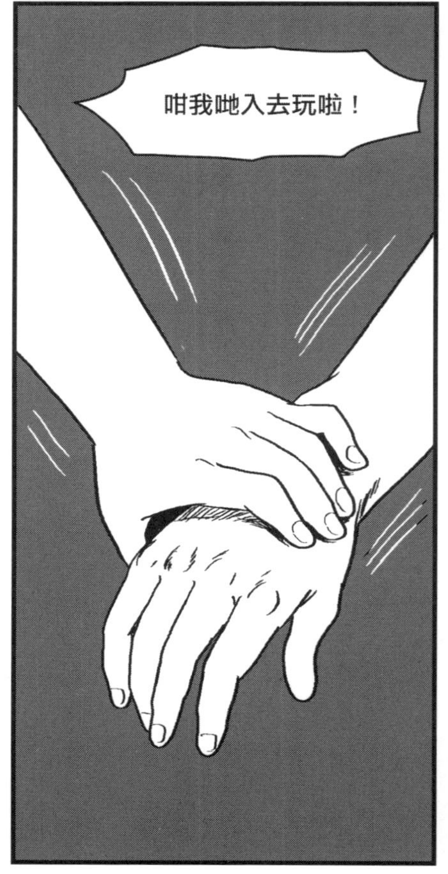
咁我哋入去玩啦！

▼LOOK HERE▼

咔嚓！

咔嚓！

咔嚓！

咔嚓！

嘻嘻嘻~
哈哈~

多謝你。

多謝你幫我完成
呢個心願。

再見。

自拍亭

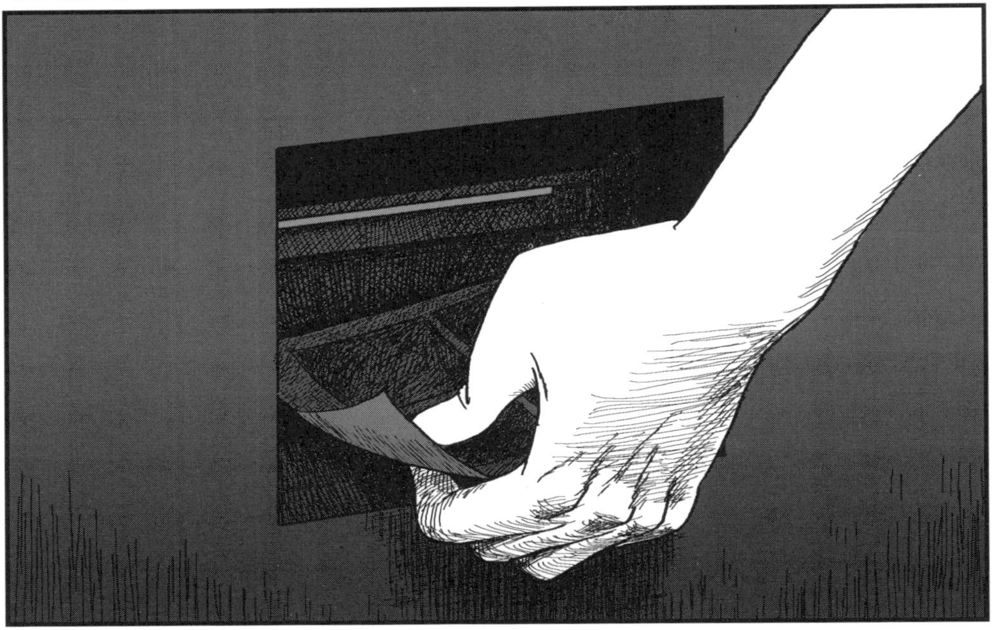

END

結界

有聽過探險者、登山客
離奇失蹤事件嗎？

馬航370號班機
失蹤事件？
百慕達三角
飛機、船隻
神秘失蹤事件？

你相信呢個世界上
有結界嗎？

苑 87F
COURT

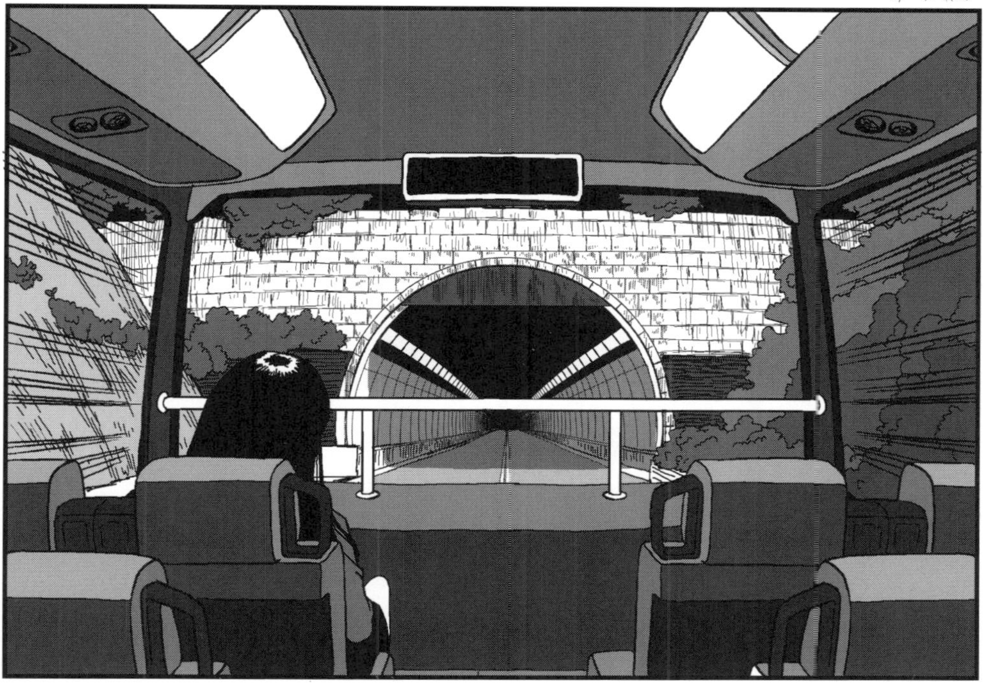

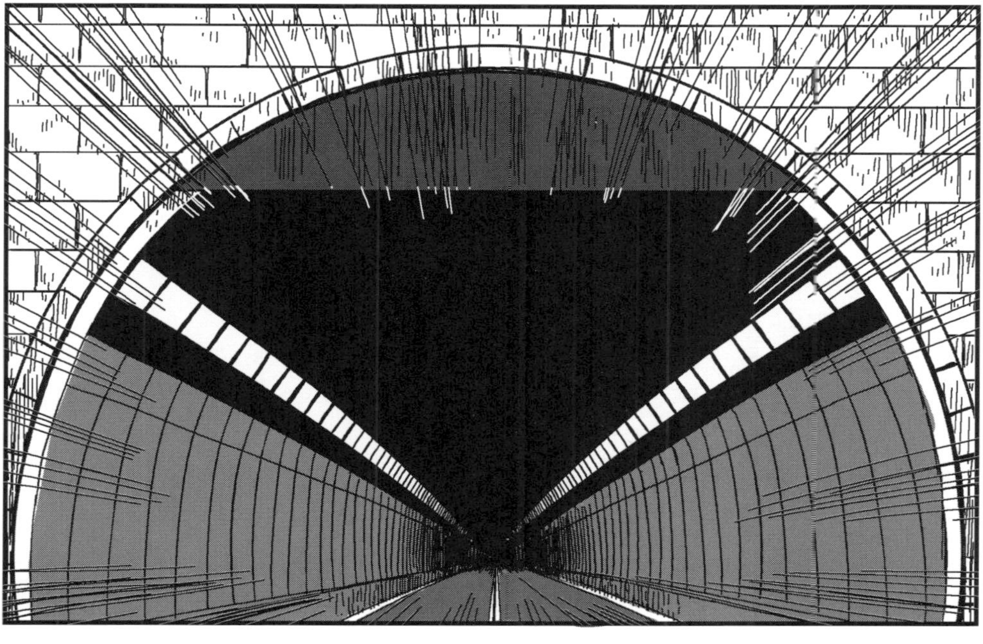

結界

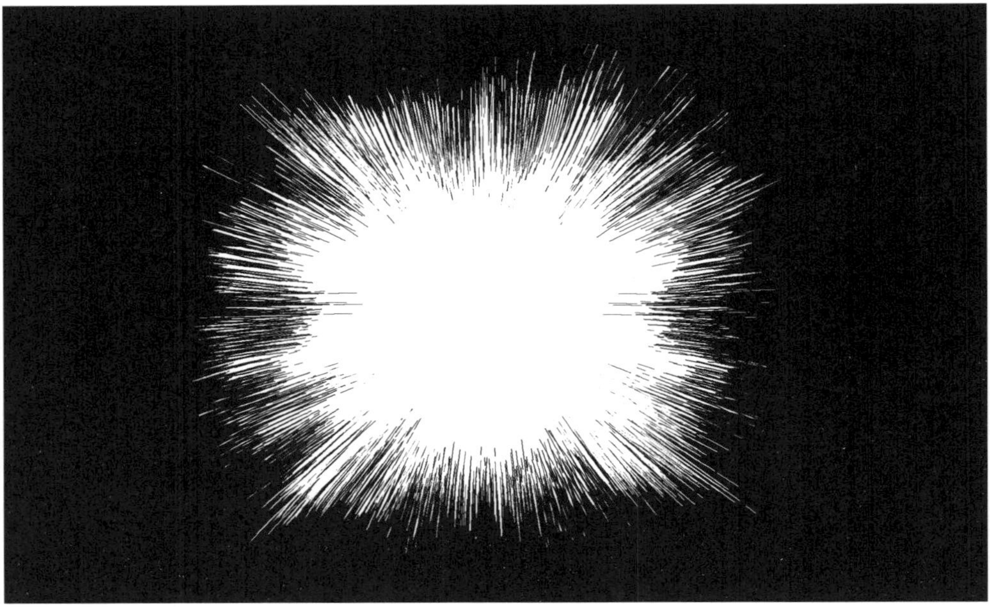

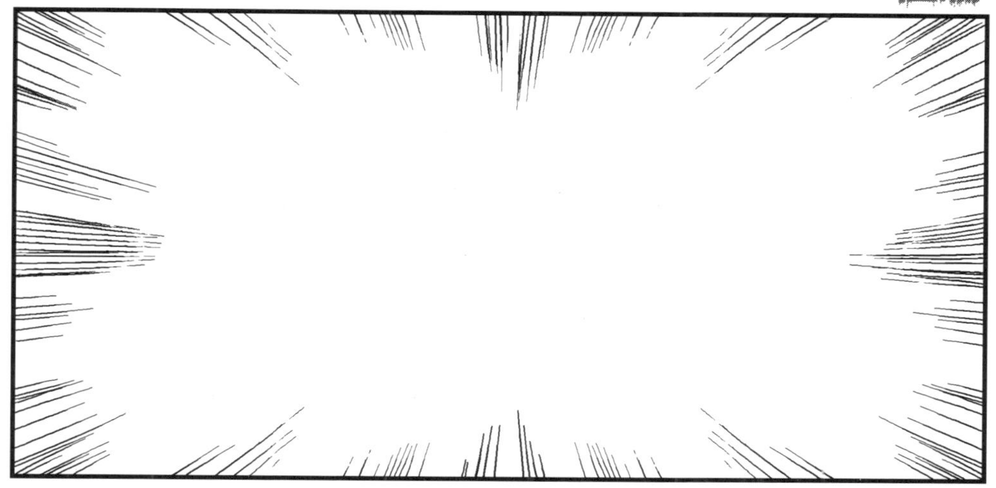

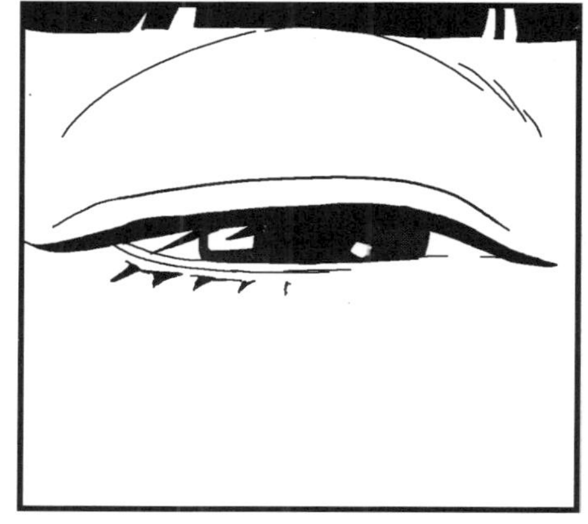

結界

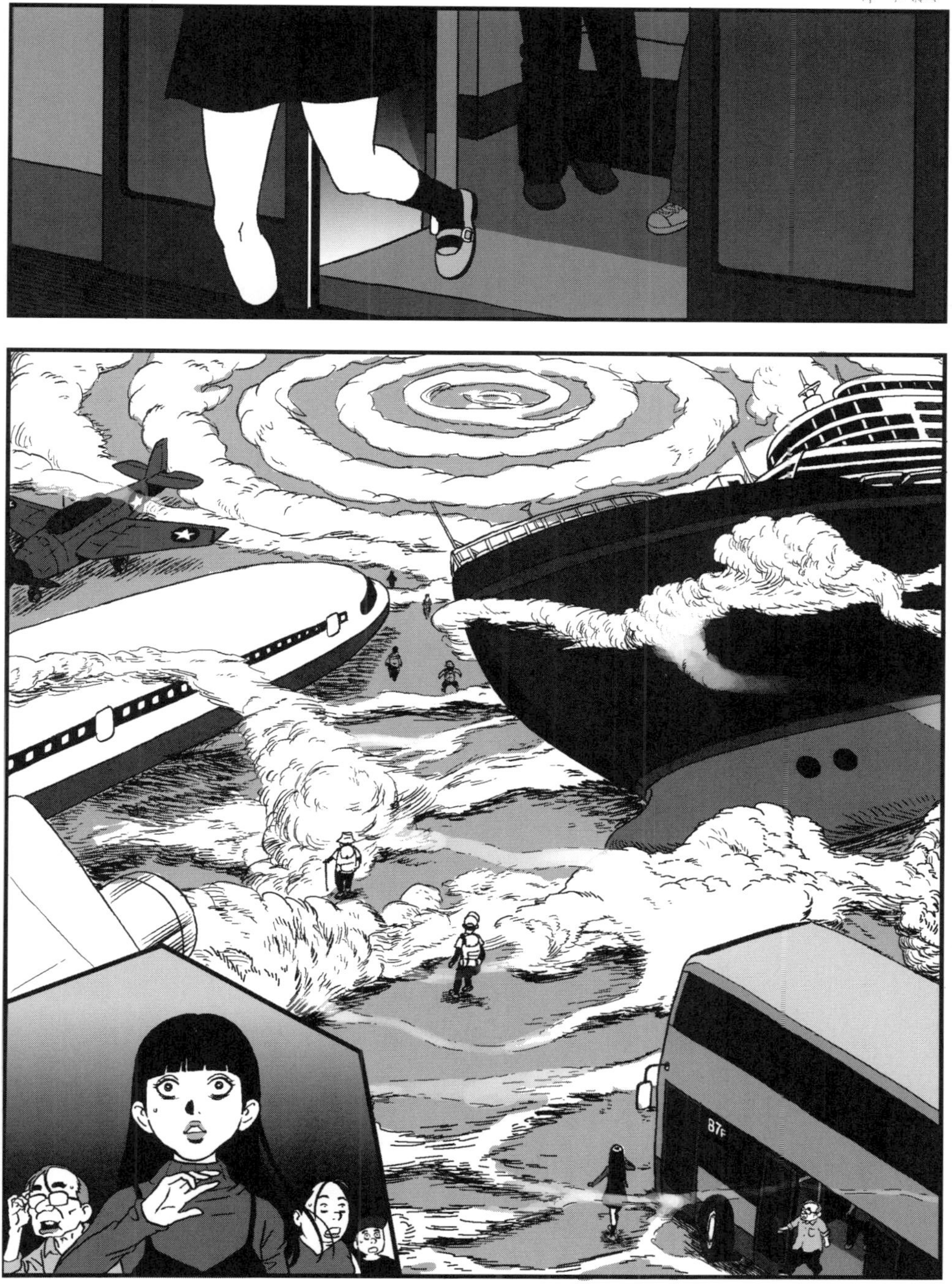

結界

快喇，睇app架巴士
仲有一分鐘就到站。

12. 清水道
1 分鐘
26 分鐘
51 分鐘
13. 弘街

黐線！！！
又係咁！
架車好似去咗結界咁…
嬲嬲哋搭地鐵算喇！

END

靈魂

喵！
喵！
喵！
有養貓嘅朋友
你哋嘅主子有冇試過
向住某個角落係咁喵？

喵！
喵！
喵！
喵！

喵！
喵！
喵！
喵！

喵！
你係咪都想知點解
佢會係咁喵？
呢個故事可能
畀到答案你。

靈魂

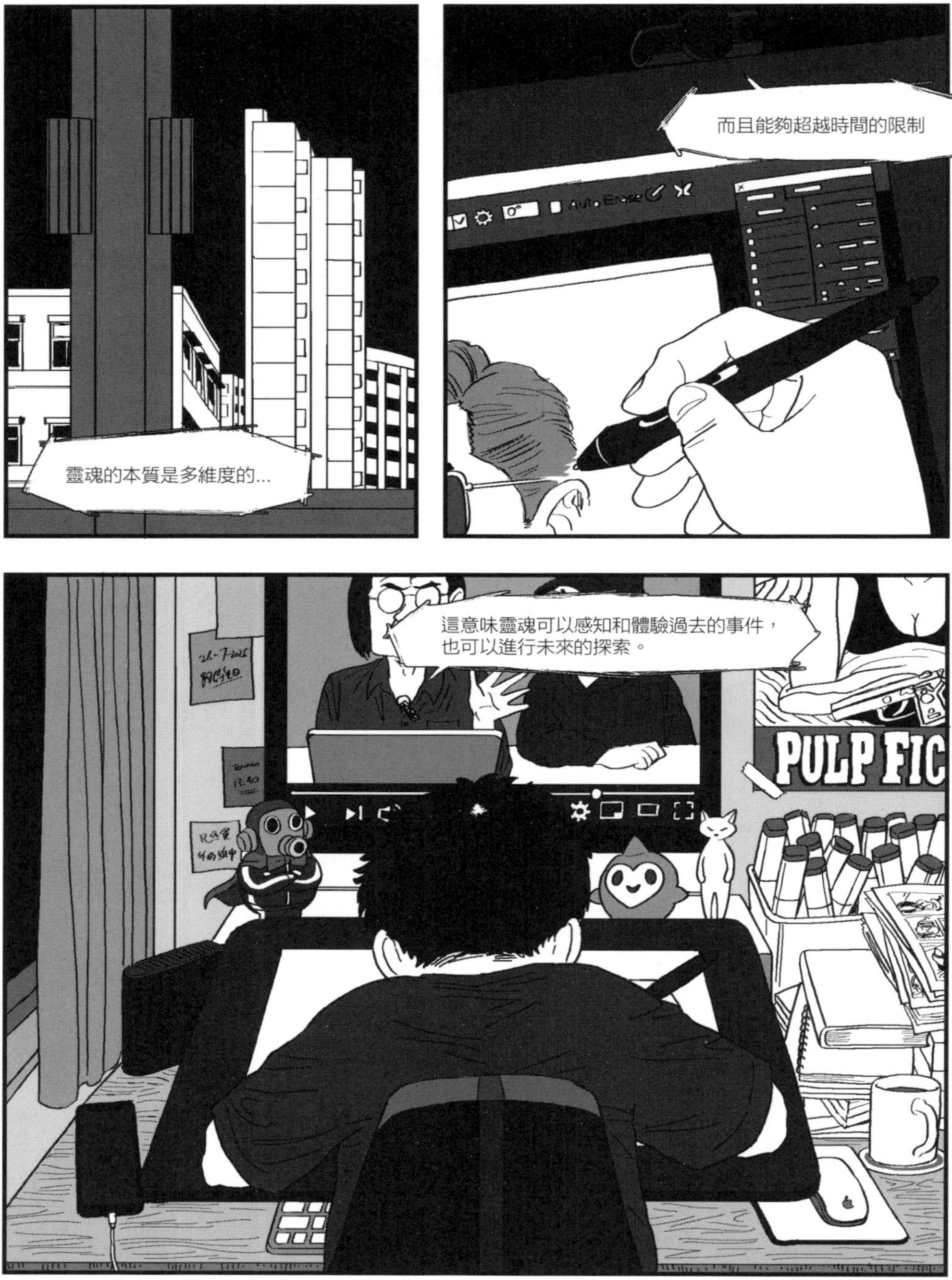

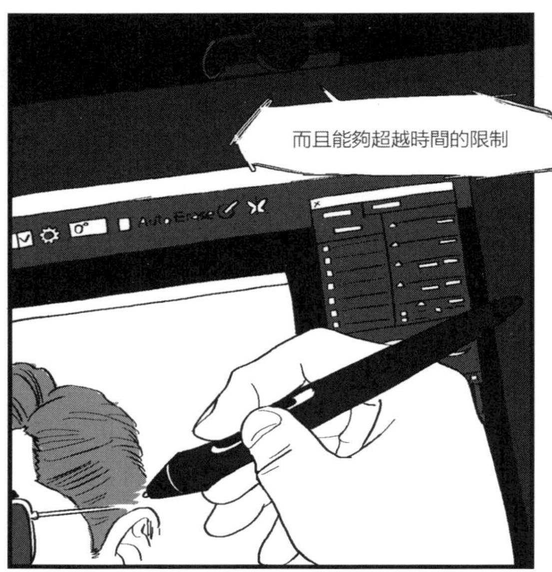

這意味靈魂可以感知和體驗過去的事件，
也可以進行未來的探索。

PULP FIC

呵~~~
好攰呀~~~~~

咁夜㗎喇？
差唔多要瞓喇。
2:08

喵~
唔？

喵~
DUNE
喵~
喵~
喵~
喵~
咁夜小克喺度搞乜鬼？
好少係咁喵㗎喎。

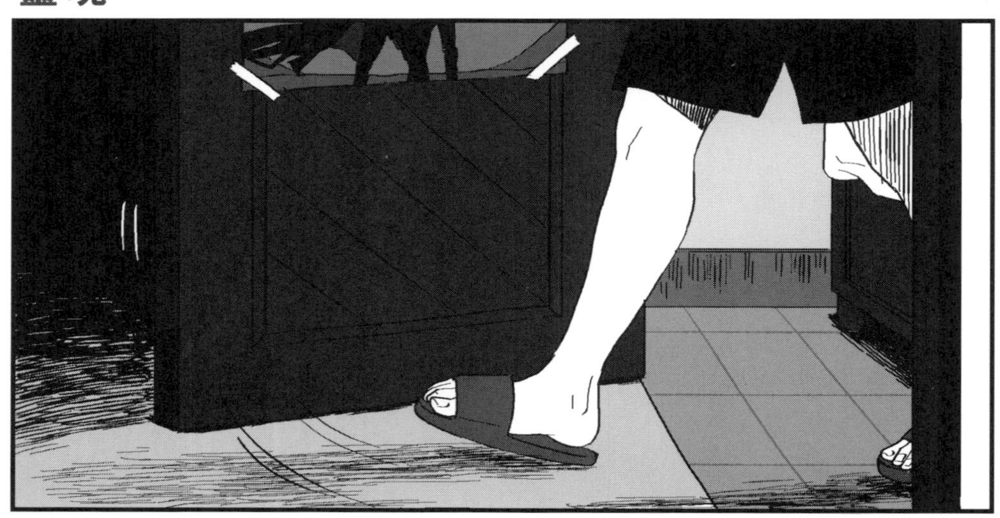

喵~
喵~
喵~
喵~
喵~
喵~
喵~
小克，
你做咩呀？

係咪唔舒服呀？

!
啪！

……………

唔理你喇，
聽日仲要早起，
我瞓喇~

我行喇，
byebye小克！

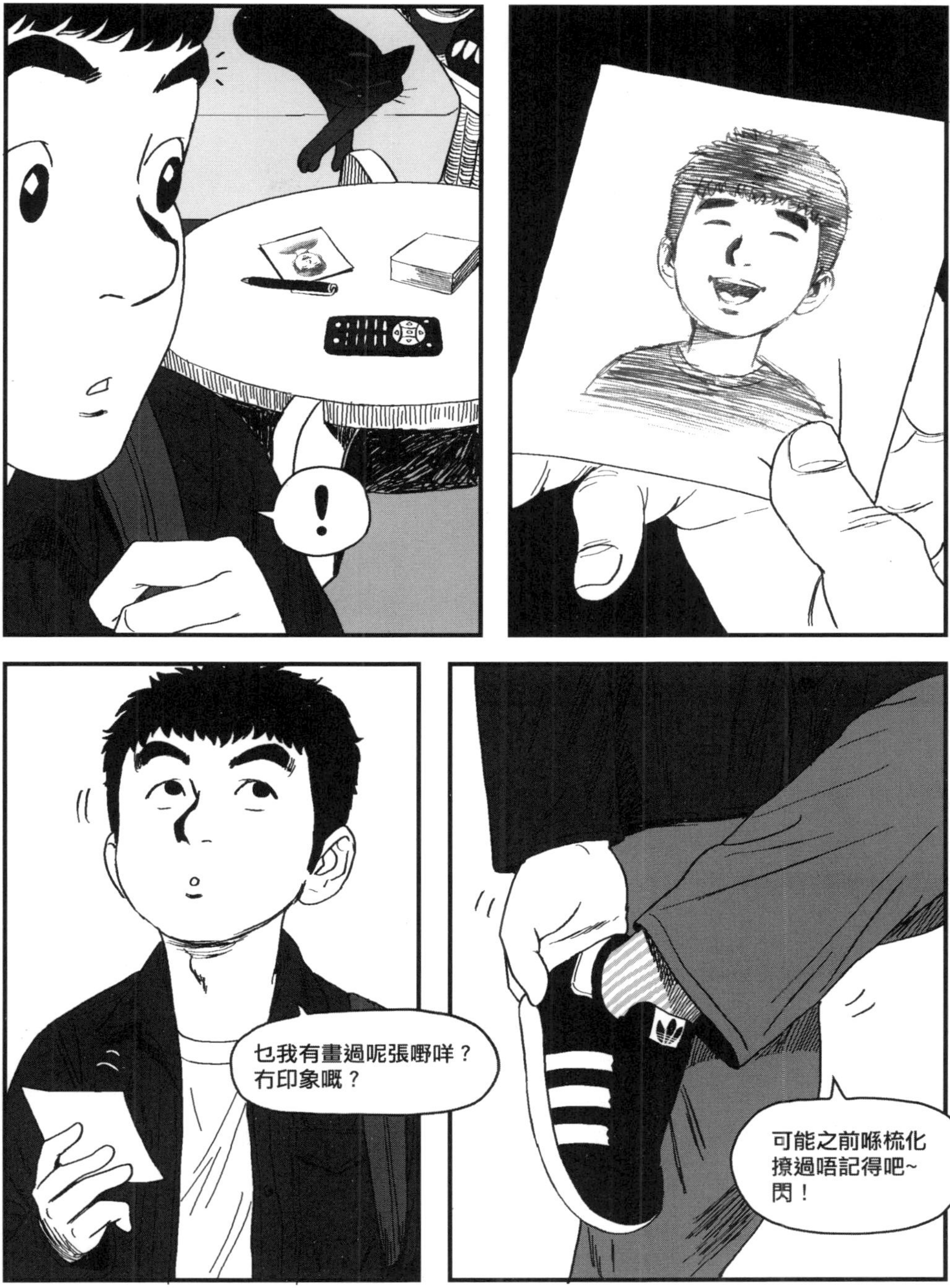

乜我有畫過呢張嘢咩？
冇印象嘅？

可能之前喺梳化撩過唔記得吧~
閃！

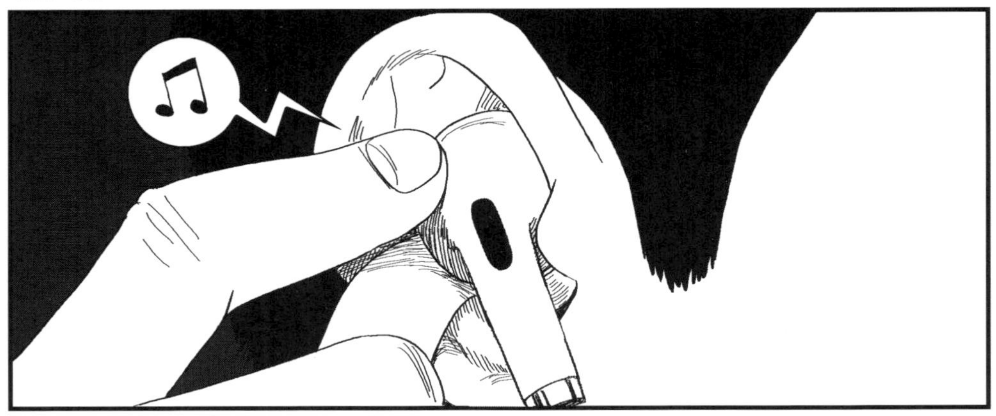

靈魂

喵~
小克

咩事呀你？
今晚又係咁叫嘅？
喵~
喵~
喵~
喵~
喵~
喵~
喵~

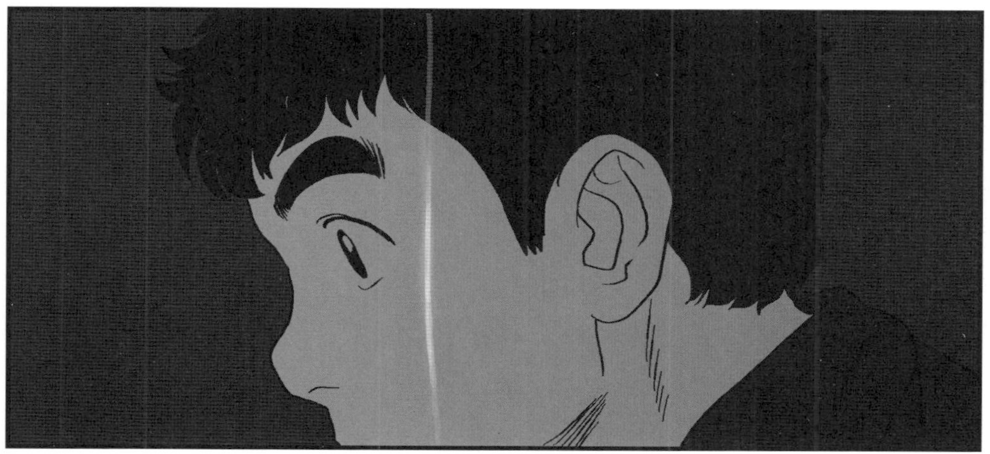

靈魂

!

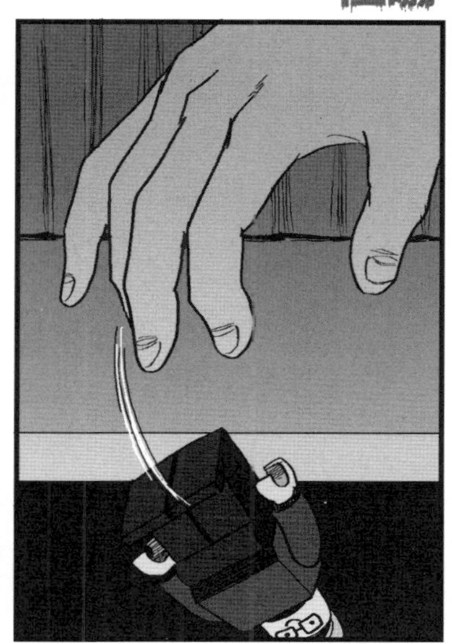

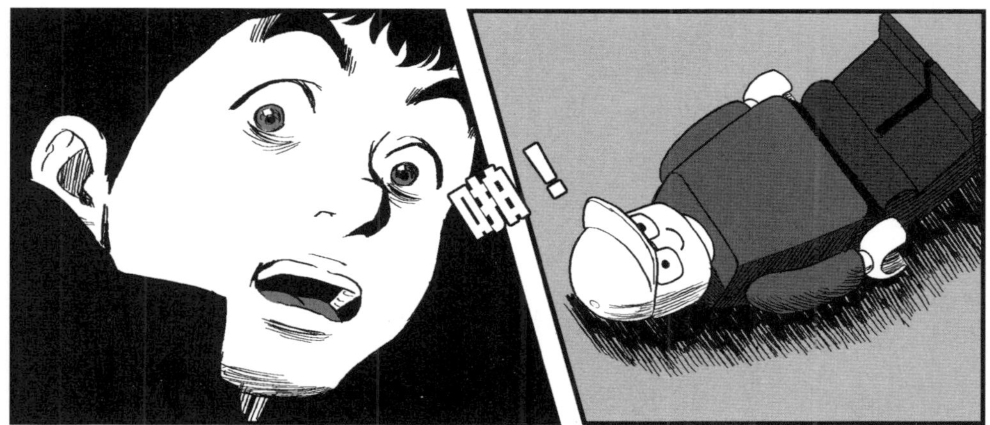
啪!

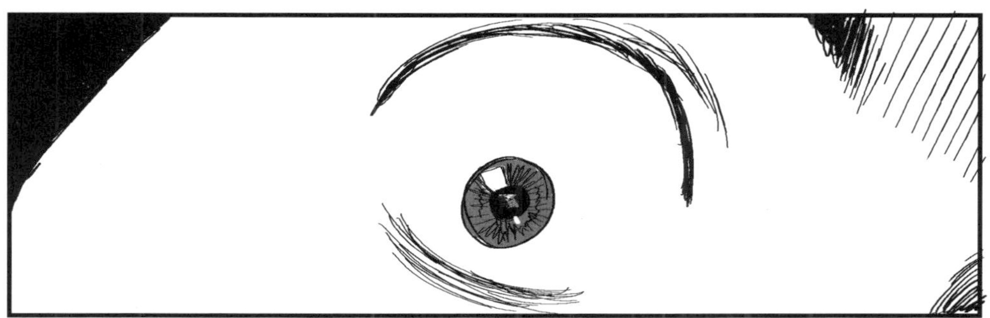

我要離開了…

再見。

END

換伴

FUN!
FUN!

嘩！好得意呀~
我想要呀~~~

想要？
同你換吖。

CHI

LA

换伴

HUMAN PLANET
CUTE
CLAW
FUNNY

換伴

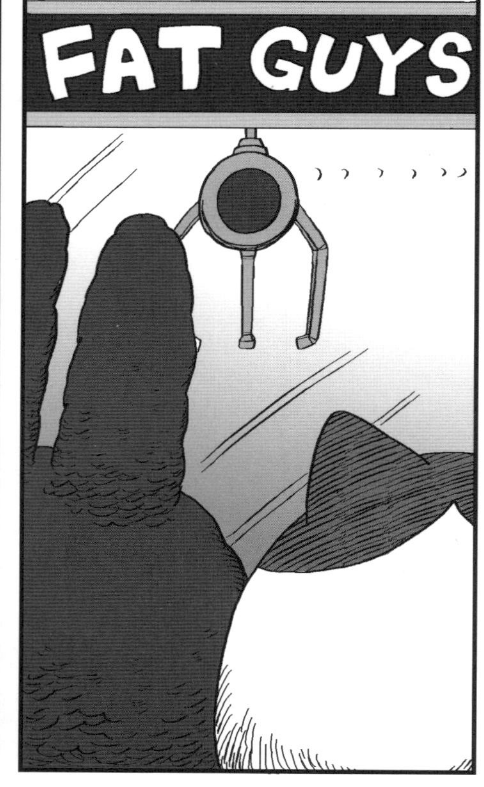

END

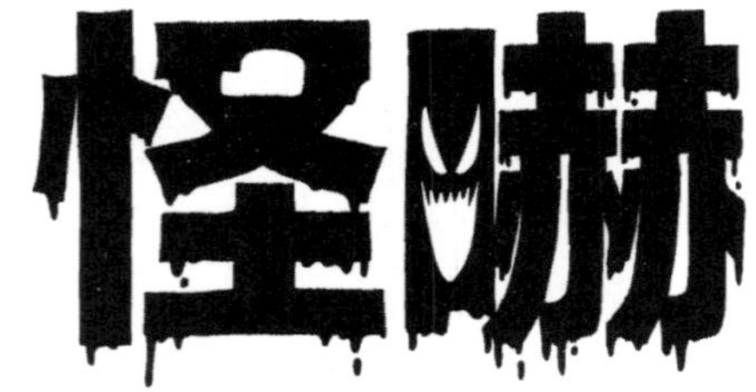

作者：Cuson
助理出版經理：陳思齊
責任編輯：蕭嘉敏
美術設計：張思婷
出版：日閱堂出版社
發行：明報出版社有限公司
香港柴灣嘉業街 18 號
明報工業中心 A 座 15 樓
電話：2595 3215
傳真：2898 2646
網址：http://books.mingpao.com/
電子郵箱：mpp@mingpao.com
版次：二〇二五年七月初版
ISBN：978-988-8925-05-6
承印：美雅印刷製本有限公司